I0683586

LE

THÉATRE DE TABARIN

SCÈNES POLITIQUES ET COMIQUES

PREMIÈRE LIVRAISON

PROLOGUE

LES FOURBERIES D'UN EX-GÉNÉRAL DE LA COMMUNE

HISTOIRE DE JACQUES L'EFFRAYÉ

50 centimes la livraison

EN VENTE CHEZ A. PLATAUT

RUE DU CROISSANT, 15, A PARIS

MARS 1872

SOMMAIRE DE LA DEUXIÈME LIVRAISON.

PROLOGUE

Du temps de mon aïeul, l'on débitait des boniments pour faire avaler des drogues qui ne donnaient ni bien ni mal. Aujourd'hui c'est le contraire: l'on distribue des drogues pour faire avaler des boniments, lesquels causent plus de mal que de bien. C'est du progrès, mais en sens inverse. Les charlatans ne portent plus le costume de Tabarin; ils s'habillent de fin et se coiffent de soie. Ils n'ont plus son esprit, mais ils ont sa vanité. Tabarin ne fit le charlatan qu'afin, plus tard, de faire le gentilhomme. Ce à quoi il réussit; cependant il ne jouit guère de sa grandeur. Après donc qu'il eut vendu des onguents, il acheta des terres et gouverna des paysans.

Les charlatans d'aujourd'hui, après qu'ils ont distribué nombre de fioles d'élixir politique, arrivent au pouvoir et gouvernent la nation. Mais comme ils ont été paillasses avant d'être généraux et ministres. ils restent paillasses. Ils exécutent des culbutes et des sauts de carpe; ils escamotent des muscades; ils font passer dans leurs goussets l'argent qui est dans la poche des benêts qui les écoutent. Un beau jour ils tombent de leurs tréteaux et se cassent le nez. D'autres paillasses les remplacent, et par des tours nouveaux captivent l'admiration du public. Alors les malheureux dégommés écrivent des apologies où ils prouvent que leurs paillasseries et leurs gasconnades étaient de qualité supérieure; que s'ils n'ont pas réussi, la faute en est au public; qu'ils sont prêts à recommencer leurs gambades. Mais on ne les écoute plus. Alors ils crèvent tout doucement de rage, dans quelque coin doré, au milieu de catins qui leur font dégorger le fruit de leurs hâbleries. Ces farceurs sinistres et outrecuidants tuèrent, jadis, Athènes; ils ont déjà, aux trois quarts, assassiné Lutèce. Mais les Lutéciens ont la vie dure; ils sont gens à rire de ces bouffons; à les faire habiller en bateleurs et à les obliger à danser sur la corde, en attendant qu'ils la leur passent au cou, ce que je verrais avec quelque plaisir, quoique j'aie l'âme tendre.

Dans le nouveau théâtre de Tabarin, vous verrez de parfaits pantins, mus par des fils subtils, qui figureront les arlequins politiques, les pierrots socialistes, les pantalons démagogiques, les zanis radicaux. Vous assisterez aux tours de passe-passe de gredins, dont les hautes et basses œuvres ont perdu la nation, et qui se sont enrichis de ses ruines; ils exécuteront leurs culbutes, débiteront leurs facéties, dévoileront leurs petites âmes. Tous ces grattelards illustres ou obscurs vous réjouiront de leurs conceptions inouïes, de leurs farces joviales, de leurs actions mirifiques et de leurs discours très-précieux.

Pour aujourd'hui donc, vous ouïrez les fourberies du fameux Coqueluchon, qui fut général de la Commune, et l'histoire d'un certain Jacques, qui, de peur, laissa tomber son fromage.

Jules TABARIN.

Mars 1872.

LES FOURBERIES

DE

CÉSAR COQUELUCHON

EX-GÉNÉRAL DE LA COMMUNE

La scène est dans une ville de la frontière belge, chez Pierre Leferme, fabricant de moutarde.

LA VOISINE CLAÈS.

Comme ça sent bon chez vous, madame Leferme !

MADAME LEFERME.

Dam! c'est que nous attendons un grand personnage. Mon mari est à la gare pour le recevoir.

LA VOISINE CLAÈS.

Et qui, si je ne suis pas indiscrète?

MADAME LEFERME.

Un général parisien.

LA VOISINE CLAÈS.

D'où vient-il?

MADAME LEFERME.

De son château des Pontons.

LA VOISINE CLAÈS.

Ah! oui, près de Brest.

MADAME LEFERME.

Pierre dit que c'est en Bretagne.

LA VOISINE CLAÈS.

Alors, c'est un évadé. (*Arrivent Pierre et César Coqueluchon. Le général porte toute sa barbe.*)

PIERRE.

Mesdames, je vous présente le célèbre général César Coqueluchon, l'un des héros de la Commune de Paris.

COQUELUCHON.

Général en chef, oui, petite mère. Tiens, tiens, elle est gentille ta femme, gentille, parbleu. Mais qu'est-ce que c'est que cette vieille chouette?

LA VOISINE CLAÈS.

Malhonnête!

PIERRE.

Une voisine, bonne femme, mais pas du parti.

COQUELUCHON.

Grincheuse, la dame! elle n'aime pas les compliments...

LA VOISINE CLAÈS.

Ça vous chausse bien de railler, savez-vous, tueur de prêtres.

COQUELUCHON.

Hé, vieille Proserpine, tu en auras toujours assez de tes sacs à charbon qui te remettront tes péchés.

LA VOISINE CLAÈS.

Scandale vivant!... Cet homme-là vous ferait sortir des gonds. (*Elle se retire.*)

COQUELUCHON.

Voyons ce rata. J'ai une faim comme si j'avais fait campagne contre les Versailleux. (*Ils se mettent à table.*)

MADAME LEFERME.

Monsieur le général sera indulgent: c'est pas la cuisine de Paris, mais c'est de bon cœur.

COQUELUCHON.

Pourvu que le vin soit bon et point rare... Ah! ah! de l'argenterie. Quel luxe!

PIERRE.

C'est du propriétaire. Je lui ai dit que c'était un repas de baptême. A votre santé, général.

COQUELUCHON.

A la vôtre, petite mère. Est ce qu'il n'y a pas du meilleur?

PIERRE.

Que si, dans la cave, au frais. (*Il sort.*)

COQUELUCRON.

Dites-moi, petite mère, qu'est-ce que vous faites de ces beaux yeux?

MADAME LEFERME.

Je m'en sers pour voir.

COQUELUCHON.

Et de cette belle gorge?

PIERRE (*avec des bouteilles cachetées*).

Voilà du numéro un. C'est du Beaune. (*Il verse.*)

COQUELUCHON.

Fameux... Ah! fameux. A la bonne heure. Vous êtes un homme, vous. un ami, un frère! Si la Commune avait triomphé, vous seriez aujourd'hui, grâce à moi, moutardier en chef, avec sept galons au képi, un hôtel, des chevaux, des domestiques et 30,000 francs d'appointements.

PIERRE.

Je me serais contenté de 25,000, savez-vous.

COQUELUCHON.

Vous, citoyenne, vous auriez eu gratis des loges à tous les théâtres.

MADAME LEFERME.

Ce qui m'aurait flattée, c'eût été d'entrer chez les ministres.

COQUELUCHON.

Toujours grâce à moi, vous y fussiez entrée comme chez vous. (*Arrivent plusieurs citoyens.*)

PREMIER CITOYEN.

Au nom des démocrates-socialistes-radicaux de la ville, nous venons, général, vous offrir un punch d'honneur à l'*Estaminet de l'Égalité.*

COQUELUCHON.

Flatté, très-flatté. Asseyez-vous; vous prendrez le café. N'est-ce pas, citoyen Leferme, tu invites les frères et amis à siroter le moka?

PIERRE.

Sans doute; cependant je ne m'attendais pas... Allons, ma femme, cours chez la voisine Claès; elle donnera un coup de main... elle te prêtera tasses, verres, ce qu'il faudra.

MADAME LEFERME (*à part*).

Quel sans-gêne que ce César de Paris!

COQUELUCHON.

Mes amis la France et la Belgique ne seront florissantes qu'alors qu'il n'y aura plus ni riches ni pauvres. Le moyen, c'est que tout soit en commun; que ceux qui possèdent partagent avec ceux qui ne possèdent pas.

DEUXIÈME CITOYEN.

Ainsi chacun aurait son lopin. (*M*^me *Leferme et la voisine Claès servent le café.*)

TROISIÈME CITOYEN.

Mais les femmes.

COQUELUCHON

Plus de mariage.

QUATRIÈME CITOYEN.

En commun aussi !

CINQUIÈME CITOYEN.

Comme les bêtes et autres animaux...

PREMIER CITOYEN.

Ça ne serait pas très-propre, savez-vous.

COQUELUCHON.

Ne faut-il pas suivre la nature? C'est pour ne l'avoir pas suivie qu'il y a des riches, des pauvres et des jésuites. Primitivement, la terre, les arbres, les prés, les vignes, les femmes appartenaient à tout le monde. Ce sont les tyrans, les aristos, les prêtres qui ont inventé les bornes, les clôtures, les notaires et les contrats.

PIERRE.

Voilà qui s'appelle parler! Est-ce que c'est juste qu'un individu qui a un cerisier qui pousse tout seul me fasse payer les cerises? Est-ce que c'est équitable qu'un individu qui a une vache qui broute toute seule de l'herbe qui pousse toute seule me fasse payer le lait?

PREMIER CITOYEN.

Si nous allions prendre le punch à l'*Estaminet de l'Égalité*. (*Tous sortent.*)

LA VOISINE CLAÈS.

C'est des hommes qui débitent tant de bêtises!... Si c'était des femmes on se rirait bien d'elles, les pauvrettes!...

MADAME LEFERME.

C'est une langue joliment affûtée que monsieur Coqueluchon.

LA VOISINE CLAÈS (*à part*).

En tiendrait-elle pour ce communeux? (*Haut.*) Je ne me soucierais pas d'avoir un pareil escogriffe dans ma maison.

MADAME LEFERME.

Pourquoi?

LA VOISINE CLAÈS (*à part*).

Il y a quelque chose. (*Haut.*) Il a un air qui n'est pas celui d'un honnête homme.

MADAME LEFERME.

Vous le jugez avec humeur.

LA VOISINE CLAÈS (*à part*).

Il l'a enjôlée (*Haut.*) Peut-être le jugez-vous trop favorablement.

MADAME LEFERME.

Qu'est-ce que vous entendez?

LA VOISINE CLAÈS.

J'entends que si j'avais une bourse, je ne la confierais pas à ce général de contrebande, et que si j'avais une femme, je ne la lui confierais pas davantage.

MADAME LEFERME

Sa moustache me tape dans l'œil, n'est-ce pas? Vous supposez que le général serait indélicat jusqu'à séduire la femme de son ami, de son hôte? Allons, vous lui tenez rancune.

COQUELUCHON.

Pardon, Mesdames, je vous dérange. J'ai égaré mon porte-cigares et je viens le chercher.

LA VOISINE CLAÈS (à part).

C'était convenu. Ah! pendard... s'il s'émancipe... j'avertirai Pierre. (Elle se place dehors pour entendre.)

COQUELUCHON.

Enfin, nous sommes seuls, petite mère. Je puis vous avouer que je vous aime, que je vous adore.

MADAME LEFERME.

A peine m'avez-vous vue et déjà vous vous enflammez...

COQUELUCHON.

L'amour est comme la poudre.

MADAME LEFERME.

Alors ça ne dure guère.

COQUELUCHON.

De l'esprit comme un diable. Ah! je suis fou, ivre de passion Citoyenne, filons ensemble.

MADAME LEFERME.

Où irions-nous?

COQUELUCHON.

Partout. Nous commencerons par Ostende, si vous aimez les huîtres.

MADAME LEFERME.

Paris me plairait mieux. Ce fut toujours la cité de mes rêves Ah! que j'eusse été heureuse d'y vendre de la moutarde! Mais vous l'avez mis dans un si bel état...

COQUELUCHON.

Les ruines, c'est poétique.

MADAME LEFERME.

Pas à mes yeux.

COQUELUCHON.

Les étrangers y courent.

MADAME LEFERME.

J'eusse voulu jouir de Paris dans les splendeurs de sa cour, de ses palais.

COQUELUCHON.

Ignoble, tout cela. Ah! si vous parliez des fêtes de la Commune, à la bonne heure! Quelle réunion en hommes et en femmes! C'est ce monde-là qui était la crème de France et d'Europe.

MADAME LEFERME.

Cette crème-là voulait faire son beurre. — Mais, général, vos amis vous attendent.

COQUELUCHON.

Près de vous, citoyenne, j'oublie l'univers.

LA VOISINE CLAÈS.

Je t'en ferai souvenir, brigand. (Elle s'éloigne.)

MADAME LEFERME.

Si mon mari soupçonnait...

COQUELUCHON.

Il est communiste.

MADAME LEFERME.

Lui prêtez-vous l'idée qu'il mettrait sa femme en commun, de même que ses chaudrons, ses marmites, ses pots à moutarde, sa basse-cour?

COQUELUCHON.

Les communistes doivent mettre tout en commun. Tout à chacun et chacun à tous: c'est la maxime.

MADAME LEFERME

Êtes-vous dans ces sentiments?

COQUELUCHON.

Non, j'y mets les autres.

MADAME LEFERME.

Et la sincérité dans les opinions? la loyauté dans les doctrines?

COQUELUCHON.

Bon pour les imbéciles.

MADAME LEFERME.

Mais c'est assez canaille, cela.

COQUELUCHON.

Ravissante! adorable! ne me résiste pas citoyenne, ou je fais un malheur. (*Il veut lui prendre la taille.*)

PIERRE (*à part*).

La voisine Claès avait raison. (*Haut.*) Général, votre porte-cigares est bien difficile à trouver.

MADAME LEFERME.

Ne crois pas, au moins, Pierre...

LA VOISINE CLAÈS.

Le général a la vue basse, sans doute.

COQUELUCHON (*à part*).

Pincé! — Payons d'audace. (*Haut.*) J'exposais une théorie nouvelle à la citoyenne, sur l'émancipation du beau sexe.

PIERRE.

C'est-à-dire que vous en contiez à ma femme.

COQUELUCHON.

Et puis... après? N'es-tu pas communiste? Ne veux-tu pas manger des cerises gratis et boire du lait sans débourser? Ne veux-tu pas partager? N'es-tu pas des nôtres? N'admets-tu pas toutes nos doctrines, tous nos principes? Si chacun disait oui pour ceci et non pour cela, où en seraient les affaires de la République démocratique et sociale?

PIERRE.

J'ai partagé avec vous ma table et ma cave, je pense que c'est suffisant; je ne veux pas partager ma femme.

LA VOISINE CLAÈS.

Bravo !

MADAME LEFERME.

Tu parles bien, mon Pierre.

COQUELUCHON.

Quand le parti triomphera, et ce sera prochainement, tu ne mordras pas au gâteau.

PIERRE.

Je ne l'aimerais peut-être pas, votre gâteau, tandis que j'aime ma femme.

COQUELUCHON.

Tu n'es qu'un faux frère; tu seras rayé de l'Internationale.

PIERRE.

J'aime mieux être rayé que d'être cocu.

COQUELUCHON.

Adieu donc. Je vais à Bruxelles, mettre mon épée et mes galons au service de l'émeute. (*A part, et s'avançant près de la table.*) Mais avant, tirons l'épingle du jeu.

MADAME LEFERME.

Bon voyage, général. (*Coqueluchon sort, la tête haute et l'œil menaçant.*)

LA VOISINE CLAÈS, *qui a suivi ses mouvements.*

Courez, Pierre, votre partageux a soustrait l'argenterie

PIERRE.

Ah! le gredin. (*Il s'élance à la poursuite de Coqueluchon.*)

LA VOISINE CLAÈS.

Fourbe, ivrogne, paillard, voleur... c'est du propre, que votre héros de la Commune!...

MADAME LEFERME.

Qui l'eût cru? Un homme si éloquent et qui a une si belle barbe!

LA VOISINE CLAÈS.

La barbe, ma chère, ne fait pas le moine.

HISTOIRE DE JACQUES L'EFFRAYÉ

I

C'est en 1848 que Jacques Pillot se maria avec Jeannette Blandin. Lui avait été quinze ans domestique, elle dix ans cuisinière Ils possédaient des économies, avec quoi ils se mirent en ménage et montèrent une boutique de mercerie à Bouzaiseville.

L'amour de l'ordre et de l'épargne les dévorait. Après que les deux ans de république furent passés et que l'on eut un gouvernement honnête, les époux Pillot-Blandin firent leurs affaires. En 1870, un peu avant que l'opposition n'eût allumé la guerre avec la Prusse, ils vendirent leur fonds et se retirèrent avec cinquante mille francs qui ne devaient rien à personne ; ils en prirent vingt-cinq pour payer la maison qu'ils avaient bâtie dans un faubourg, où ils vinrent habiter.

Jusqu'ici, tout leur avait réussi, sauf qu'ils n'avaient point d'enfant. Quand ils furent dans leur maison, le guignon ne tarda pas à y entrer. Ce guignon apparut sous la figure de Pierre Joindot, soi-disant ouvrier, en réalité républicain socialiste, vivant d'expédients, débauché, fort ivrogne et capable de mauvais coups. Il avait passé, disait-on, quelques années au bagne et jouissait d'une réputation équivoque. Jacques Pillot, qui le connaissait peu, et qui se laissa prendre à la langue dorée de Pierre Joindot, lui loua le premier étage. Le drôle y fit grand bruit. Il y réunissait des catins de la pire espèce et des démocrates qui ne valaient pas mieux. Tout en se débauchant, ils complotaient contre l'empire, ce qui navrait les époux Pillot. Mais ils n'osaient souffler mot et attendaient la Saint-Martin pour flanquer le locataire séditieux sur le pavé.

Mais, avant cette date libératrice, il y eut des événements étranges qui firent de Pierre Joindot un personnage important. — L'opposition, qui avait jeté la France sur la Prusse, livra nos plans de campagne et amena l'ennemi jusques au cœur du pays Elle profita des désastres pour renverser l'Empire, proclamer la République et instaurer un gouvernement formé de mannequins, d'imbéciles et de fanfarons.

La France tomba dans la boue. Tous les gredins se donnèrent les premiers rôles. Pierre Joindot monta rapidement au pinacle. En sa qualité d'ex-forçat, il devint l'idole de la démagogie ; il fut nommé commandant de la garde nationale et je ne sais quoi encore. Il porta de nombreux galons et des moustaches menaçantes. Il criait, gesticu'ait, buvait plus que jamais. C'était une allée et venue, dans la maison Pillot, de tous les voyous de la ville et de la banlieue. Le propriétaire hasarda quelques remontrances. On le reçut de très-haut et on le menaça de démolir sa maison.

En attendant, on pilla la cave.

Pillot, intimidé, devint muet et laissa faire ces malandrins. Il espérait que ce carnaval politique et social aurait bientôt un terme. Il avait toujours été fort régulier dans ses devoirs de religion. Sa femme et lui prièrent avec un redoublement d'ardeur. Ils adressaient des vœux pour que la France fût délivrée des Prussiens qui la ravageaient et des républicains qui la déshonoraient. Ils s'entendirent en secret avec l'un des abbés de la paroisse et appendirent à la chapelle de la Vierge une lampe d'argent ornée de joyaux. L'on sut que les honnêtes gens s'assemblaient dans la chapelle pour leurs dévotions.

Pierre Joindot entra un soir avec une bande de gardes nationaux avinés chez son propriétaire, et l'avertit qu'il serait écharpé par les frères et amis, comme cagot et contre-révolutionnaire, à moins de fournir l'argent nécessaire à l'habillement du bataillon. Jacques trouva dur de vêtir des gens qu'il méprisait et tenait, en général, pour des bandits. Il s'exécuta, afin que ces drôles le laissassent libre de vivre en citoyen dévoué aux intérêts de son pays.

Il donna cinq mille francs.

Pierre Joindot lui dit de se tenir heureux d'être quitte à si bon marché ; que dorénavant il surveillât sa conduite, choisît ses amis ailleurs que chez les aristos et les réacs. Pillot répliqua qu'il suivrait sa conscience, ne changerait rien ni à ses habitudes ni à ses relations, lesquelles il trouvait excellentes.

— C'est ce que nous verrons, répondit le commandant, qui frappa sur son sabre avec un geste significatif.

— Laisseras-tu partir les frères et amis sans leur rafraîchir le gosier ? ajouta un sous-officier qui se tenait à peine sur ses jambes.

— Avez-vous oublié, fit la mère Pillot, que vous avez vidé les tonneaux et emporté les bouteilles ?

— N'as-tu rien, par là, en réserve, tiens, dans ce placard ? dit l'un des gardes nationaux.

— Rien, répondit Pillot.

— Enfoncez-moi ça, ordonna le sergent.

La porte vola en éclats sous les coups de crosse.

Il n'y avait sur les rayons que les reliefs d'un frugal repas.

— Nous sommes volés, s'écria le sergent. Par file à gauche, allons-nous-en.

Dès qu'ils furent partis, les époux Pillot se jetèrent dans les bras l'un de l'autre en pleurant.

— Qu'allons-nous devenir si cela dure ? Ils nous ruineront, puis qui sait ce qui arrivera ! Je remercie Dieu de ne nous point avoir accordé d'enfants ; ils n'auraient eu que le malheur pour héritage.

— Rassure-toi, mon homme, répondit la femme, qui voyait Jacques se décourager plus qu'il n'eût fallu. Rien ne dure de ce que tentent les méchants.

— Hélas! murmura Pillot d'une voix abattue, notre France si glorieuse, si belle! Nous n'inspirons plus de jalousie maintenant, c'est de la pitié!

II

Cependant l'Assemblée nationale s'était réunie. La paix était faite. Les honnêtes gens espéraient. Les démagogues avaient le verbe moins haut et la moustache moins longue. Les époux Pillot se sentaient renaître.

Tout à coup une nouvelle sinistre se répand. Paris se sépare de la France; la Commune y établit un gouvernement de terreur. L'on fusille, l'on pille, l'on brûle. Partout, furieuse et insolente, s'agite la démagogie. On la vit défier, menacer la bourgeoisie.

Pierre Joindot se ceignit d'une écharpe rouge. Il ne parlait que d'emprisonner, de massacrer, de réquisitionner. Bouzaiseville tomba dans des transes indescriptibles. Devant ces matamores de cabarets, ces piliers de mauvais lieux, les classes riches et aisées se courbaient, prenaient la jaunisse. L'on ne s'osait parler. L'on ne s'osait concerter. Chacun dans son voisin pensait trouver un espion, un dénonciateur. Avec une résignation stupide, l'on attendait la mort, le pillage, l'incendie.

Les bandits se voyant les maîtres, de chiens qu'ils avaient été, se faisaient loups.

De la sous-préfecture, de la mairie, où régnaient les créatures de Gambetta et de Ferré, sortaient des proclamations tour à tour horribles et ridicules, des ordres contradictoires ou odieux.

Une nuit, vers deux heures, le commandant Joindot frappa violemment à la porte de son propriétaire.

— Qui est là, que me veut-on? demanda, moitié mort de frayeur, Jacques Pillot.

— C'est le commandant, répondit Joindot d'un ton farouche; ouvrez sans retard, il y va de la vie et de la fortune.

Les époux Pillot se levèrent, allumèrent une bougie et ouvrirent en hâte à leur puissant locataire. Celui-ci entra, orné de ses galons et de ses plumets, ceint de son écharpe rouge, traînant son grand sabre.

— De quoi s'agit-il? interrogea la femme.

— Qu'y a-t-il de nouveau? hasarda le mari.

Le commandant se tint d'abord silencieux; puis, d'une voix lente, grave, étudiée, il dit :

— La Commune triomphe; les Versailleux sont battus à fond, démoralisés; Paris victorieux investit Versailles; l'Assemblée nationale est cernée; Thiers est pris; les fédérés de Lyon marchent pour opérer leur jonction avec les fédérés parisiens; ils arriveront bientôt à Bouzaiseville. La France entière devra reconnaître la République démocratique et sociale, sinon la mort et la confiscation. Les dernières dépêches invitent à arborer le drapeau rouge, à sonner le tocsin, à incarcérer les bourgeois et les patrons, à en fusiller un sur dix, à réquisitionner titres, meubles, argent, lard, pendules, vin, tout. Nous avons formé une commission chargée de dresser des listes de suspects. Sur ces listes, nous marquerons ceux qui seront exécutés dans les vingt-quatre heures. Je suis président; en cette qualité, ma voix est prépondérante; je puis effacer certains noms et les remplacer par d'autres.

— Ciel! nous sommes perdus, s'écria le malheureux Pillot, qui s'affaissa sur une chaise; vous venez me chercher pour le supplice!

— Quoi! commandant, dit d'un accent assez ferme la mère Pillot, vous auriez le front de conduire à la mort mon pauvre homme, qui est si honnête, qui jamais ne vous a réclamé les termes échus?

— Le péril, reprit Pierre Joindot, qui se faisait de plus en plus lugubre, est extrême pour lui; il faut des exemples; il faut terroriser les aristos et les réacs. Le sang doit couler, sans quoi la République ne sera pas fondée.

— Ah! sauvez-nous, monsieur Joindot, s'écria Jacques en tombant aux genoux du commandant; ayez pitié de ma pauvre femme; soyez clément pour mes cheveux gris.

— Pitié! grâce! répéta la mère Pillot en sanglotant.

— Votre mari est gravement compromis, continua le commandant. Il a des relations avec la prêtraille; il abhorre la République, et, ce qui est pis, il regrette l'Empire.

— Ne me fusillez pas, interrompit Pillot, je deviendrai républicain, je détesterai l'empire.

Accablée de douleur, la femme râlait, accroupie sur son lit, comme en une horrible agonie.

— Eh bien! si j'usais de ma prérogative de président de la commission d'exécution, seriez-vous homme à me témoigner votre reconnaissance? reprit Joindot d'une voix adoucie.

— Ma fortune, prenez ma fortune, exclama Jacques, dont un rayon d'espoir éclaira le visage contracté par l'effroi.

— Oui, oui, prenez tout, insista la femme, qui, retrouvant des forces, s'avança vers le commandant, saisit ses mains, les baisa, les arrosa de larmes.

— Je ne suis point si gredin que vous le croyez, dit le commandant en souriant; j'éprouve une joie pure à sauver un homme plus coupable par faiblesse de caractère que par hostilité réfléchie.

— Évidemment, s'écria Jacques.

— Vous pouvez en être persuadé, appuya la femme; mon mari ne demande pas mieux que de se rallier à la Commune, s'il le faut pour être bon Français.

— Vous comprenez bien, père Pillot, ajouta le commandant, que si je vous tire des griffes de la commission d'exécution, je joue gros jeu.

— Sans doute, répondit le malheureux, qui cherchait à voir où voulait en venir son locataire.

— Oui, je joue ma popularité, reprit celui-ci, mon influence, mon avenir, plus que cela.

— Quoi donc? interrogea la femme.

— Ma tête! fit Joindot avec un geste mélodramatique.

— C'est vrai, dirent en chœur les époux Pillot.

— Conséquemment, service pour service, reprit Joindot; celui que je vous rends est capital, je pense?

— Oh! oui, dit Jacques, qui se sentit venir la chair de poule.

— Eh bien! voici mes conditions; elles ne sont point exorbitantes.

— Parlez, s'écria la femme; nous sommes sur des charbons ardents.

— Si vous les acceptez, je vous faciliterai les moyens de fuir cette nuit; vous serez bientôt en Suisse; vous y attendrez des temps plus calmes; puis vous reviendrez dans votre maison, que je parviendrai à sauver du pillage et de l'incendie.

— Vous serez notre sauveur, s'écria Jacques attendri.

— Nous acceptons d'avance, dit la mère Pillot.

— Vous me signerez un chèque de vingt mille francs, reprit le commandant, ou vous me remettrez des valeurs pour pareille somme.

— Vingt mille francs! répéta la femme avec désespoir, lorsque déjà nous avons versé cent cinquante louis pour habiller le bataillon! C'est une trop forte somme, en vérité.

— C'est plus de moitié de notre avoir; que nous restera-t-il, hasarda Jacques, si nous vieillissons? Autant mourir!

— Soit! dit froidement le commandant; je vais signer votre ordre d'arrestation; demain à midi, Jacques, vous serez fusillé.

Et il fit un pas vers la porte.

— Arrêtez! s'écrièrent les époux Pillot.

— Vous acceptez? demanda Joindot.

— Vos conditions sont dures, reprit la femme, à qui le sang-froid revenait; contentez-vous de dix mille francs! Laissez-nous du pain.

— Dix mille francs sont un beau denier, balbutia Jacques, en proie aux émotions les plus poignantes.

— Vils bourgeois, s'écria Joindot en jurant, ils accepteraient que l'on se fasse écharper pour eux; quant à délier les cordons de leurs bourses en faveur de la patrie, ils n'en feront rien; ils tiennent à leur peau, mais plus à l'argent. Je vous connais, mes agneaux, et avec vous, donnant donnant. C'est par bonté d'âme que j'ai fait cette démarche; maintenant ma conscience est en repos. Mais le temps presse; dans une heure il sera trop tard! Si vos louis vous tiennent plus à cœur que votre honneur, car c'est un opprobre que d'être supplicié, Jacques Pillot, loisible à vous; je ne vous sauverai pas contre votre volonté. Jouissez de votre fortune : vous en avez encore pour quelques heures.

Sur ces mots, il ouvrit la porte.

La femme le retint. Jacques courut à son secrétaire et livra au commandant une liasse d'actions formant le chiffre exigé.

— Prenez, soupira le malheureux; c'est le fruit de trente ans de travail et de privations; c'est le pain de notre vieillesse. Je ne croyais pas que ce dût être la rançon de ma vie et de mon honneur. J'ai toujours cheminé dans la droite voie; qui m'aurait prédit qu'un jour, en France, je dusse mourir d'une mort infamante, je ne l'eusse point cru. O mon pays! où es-tu tombé, que les honnêtes gens soient devenus la proie d'une faction qui insulte Dieu, la religion et l'équité!

— J'admire, répondit en ricanant le commandant, comme la perte d'une part de votre magot vous échauffe la bile et vous délie la langue! Si le marché vous semble onéreux, je suis prêt à le rompre.

— Non, non, s'écria la femme, la vie et l'honneur de mon mari avant tout! Nous savons ce que cet argent nous a coûté à amasser, combien il représente de travail et de sacrifices; nous ne pouvions nous en dessaisir sans quelque regret. Maintenant, protégez notre fuite.

— J'avais tout prévu, dit Joindot.

Et le commandant remit des paperasses à Jacques, qui, sans les examiner, les mit dans son portefeuille, en exhalant un soupir.

— Hâtez-vous, ajouta Joindot; quittez la ville par le premier train. La commission d'exécution se réunira dès qu'il fera jour; elle se déclarera en permanence; elle établira des postes partout, fera garder le chemin de fer par des hommes choisis dans les compagnies les plus exaltées. Alors il serait trop tard. Arrêté à l'embarcadère, vous seriez fusillé sur-le-champ. En route donc, et bon voyage!

III

Dès que le commandant eut tourné les talons, les époux Pillot prirent le peu d'argent qui leur restât, quelques bijoux, les vêtements les plus indispensables, et ils quittèrent leur chère maison, le cœur gros et les yeux mouillés. La peur leur donna des ailes. En un clin d'œil ils furent à la gare.

— Ah! s'écriait Jacques, ce m'est une consolation de penser que je ne laisse, en quittant mon pays, personne à qui j'eusse fait le moindre tort, la plus légère insulte.

— Beaucoup, répondait la femme avec quelque amertume, oublieront le bien que nous avons fait, les services que nous avons rendus!

La cloche sonnait l'ouverture du guichet quand ils arrivèrent à l'embarcadère. La femme prit les billets, car Jacques se fût trahi par son trouble. Ils s'effacèrent dans un coin : ils attendirent, remplis d'anxiété, l'instant de monter en wagon. Dès qu'ils s'y virent, ils respirèrent. Quand le sifflet retentit et que le train s'ébranla. ils se serrèrent les mains furtivement et un pâle sourire entr'ouvrit leurs lèvres. Puis, à mesure que le train courut de sa course rapide vers le pays inconnu où désormais ils devaient vivre, les sanglots s'accumulèrent dans leurs poitrines. Les efforts qu'ils firent pour les calmer les suffoquaient. Une heure ils se virent seuls; alors ils donnèrent carrière à leurs gémissements. Cependant cette joie douloureuse ne dura pas : le compartiment se remplit de nouveau

La frontière approchait. Lorsqu'ils la franchirent, leurs larmes jaillirent Ils expliquèrent à leurs compagnons de route qu'ils quittaient la France pour la première fois, et que ce leur était un cruel navrement. Un commis-voyageur d'humeur joyeuse, lequel avait déjà fait et refait le tour du monde, à l'en croire, leur dit de se consoler, et qu'ils trouveraient à Genève d'excellentes truites, et que le vin de Vevey, rouge ou blanc, était des plus agréables ; qu'avec de l'argent partout l'on trouvait bon accueil; que l'on avait en Suisse, pour vivre et pour mourir, autant de ressources qu'ailleurs.

Les époux Pillot le prièrent qu'il leur indiquât un hôtel où ils pussent séjourner obscurément, ce que le commis voyageur fit volontiers; il y ajouta même quelques détails sur les habitants et les renseigna sur le clergé et les églises catholiques.

— Ce sont les calvinistes qui dominent, termina-t-il, toutefois les cultes sont libres et respectés.

IV

Il y avait trois semaines que les époux Pillot vivaient à Genève. Un jour qu'ils erraient mélancoliquement sur les bords du lac, ils furent rencontrés par le commis voyageur, qui revenait de Lausanne.

— Il y a du nouveau en France, leur dit-il.

— Quoi donc? demanda Jacques, toujours effrayé.

— Les communards sont battus; les Français ont repris Paris; les gardes nationales sont partout dissoutes.

— Dissoutes, s'écria la mère Pillot, ah! Dieu soit loué !

— Alors il n'y a plus de commandants, plus d'écharpes rouges? interrogea Jacques qui pensait à son locataire.

— Plus de saltimbanques galonnés, répondit le commis Le carnaval est fini. Les honnêtes gens se montrent, les émeutiers se cachent. Grâce aux généraux de l'empire, les rôles sont changés: l'ordre est rétabli J'espère que les affaires vont reprendre.

— Merci de vos bonnes nouvelles, dit Pillot en saluant le commis-voyageur.

Pressant le pas, les vieux époux revinrent heureux à l'hôtel.

Ils partirent le soir.

Le lendemain ils arrivèrent à Bouzaiseville. En suivant l'avenue de la gare, ils saluèrent plusieurs personnes qu'ils connaissaient, mais ils n'osèrent les interroger. A mesure qu'ils avançaient dans le faubourg, leurs émotions redoublaient Ils se figuraient leur maison en ruine, les voisins égorgés. Enfin ils atteignirent la rue où ils avaient habité; ils levèrent les yeux. O joie! La maison était debout.

Les voisins causaient; des petits garçons s'ébattaient sur la place.

Ils surent bientôt ce qui s'était passé.

— Quand l'on apprit que le commandant Joindot et le sous-préfet, soutenus de quelques vauriens, voulaient instituer une commission pour égorger et piller les patrons et les bourgeois, l'on se donna du cœur au ventre; l'on se résolut à ne pas se laisser tondre; l'on convint que si les bandits voulaient notre laine ils devraient l'acheter Joindot et le sous-préfet avaient déjà emprisonné plusieurs notables. Ils allaient les faire exécuter, lorsque plusieurs centaines d'ouvriers se réunirent aux bourgeois et jurèrent qu'ils ne laisseraient faire ni assassinats, ni vols, ni incendies Leur attitude délibérée imposa aux vauriens Ils ne se virent plus en nombre; ils eurent peur, disparurent; les prisonniers furent délivrés. La commission d'exécution rentra sous terre. Le maire se vit contraint d'appuyer le mouvement de résistance L'on attendit les événements, bien résolus à recevoir énergiquement les émeutiers. Mais chaque jour ils perdaient des leurs. Beaucoup passaient dans nos rangs. Par sa vigueur, le parti de l'ordre sauva la ville. Un instant l'on put craindre que la lie de la population, mise en fermentation et amenée à la surface par un sous-préfet qui pactisait avec les communards, et dirigée par un homme qui n'eût reculé ni devant le sang ni devant le pétrole, ne se livrât à d'horribles excès. Sur ces entrefaites, l'armée entra à Paris. Désormais toute crainte cessa, tout danger disparut.

— Enfin, la colère du ciel s'apaise, dit la mère Pillot, et la France va se relever.

Alors Jacques raconta la scène nocturne qui avait précédé sa fuite.

— C'est un tour d'escroquerie que le commandant vous a joué, répondit un voisin; vous n'êtes point la première dupe. Il vous a effrayé pour vous voler. Cette action de filou grandira sa gloire aux yeux des frères et amis.

— Notre sottise a été si complète, ajouta la femme, que nous lui avons laissé les clés de la maison, comptant sur son énergie pour la sauver du pillage et de l'incendie.

— Il n'y eut ni pillage, ni incendie à Bouzaiseville; mais le commandant aura profité de votre absence, de même qu'il a profité de votre peur.

Jacques courut chercher un serrurier. Les portes furent ouvertes. Le voisin avait dit vrai : il ne restait que les gros meubles Le linge, vêtements, pendules, vaisselle, argenterie, tout ce qui avait pu se soustraire sans frapper les yeux était devenu la proie du commandant Joindot.

— C'est infâme! s'écria Jacques.

— C'est horriblement canaille, ajouta la mère Pillot.

— C'est tout simplement républicain.

— Qu'a-t-il fait des chemises de ma femme, puisqu'il est garçon, observa Jacques, exaspéré.

— Ce qu'il en a fait, répondit le voisin, pas des reliques, je suppose, mais plutôt des serviettes pour ses filles.

— Quelles filles? demanda la mère Pillot.

— Ses filles de joie, parbleu! ne savez-vous pas encore que l'ex-commandant a établi une maison de tolérance? Avec votre argent il a acheté les meubles. Avec vos nippes il les a garnis.

Pillot devint jaune Sa femme s'évanouit Le voisin secourut le couple infortuné, le recueillit, appela un médecin. Huit jours il les vit entre la vie et la mort. La femme s'en tira la première, mais Jacques garda la jaunisse deux mois. Quand ils furent sur pied, les vieux époux se refirent un trousseau. Ils comptèrent leurs débris ; ils virent qu'avec la maison il restait quelques milliers de francs. De l'aisance ils tombèrent dans la gêne, et d'autant plus que les denrées augmentaient de prix et que les impôts firent comme les denrées.

Jacques proposa de vendre la maison La mère Pillot résista, mais il fallut plier devant la nécessité. Ils louèrent un modeste logement et ils n'eurent qu'une femme de ménage. La crémaillère fut plantée avec le voisin qui leur avait témoigné tant de dévouement.

C'était un honnête artisan, aimé de tout le quartier, qui, en travaillant de bon cœur, épargnait chaque année cinquante louis et se flattait de laisser à ses enfants un nom respecté et du bien au soleil.

— Plaise à Dieu, lui dit la mère Pillot, que par suite des événements vous ne soyez point dépouillé du fruit de vos peines.

— Les esprits sont tellement sens dessus dessous, répondit le voisin, qu'il n'y a à jurer de rien. Cependant je défendrai la fortune de mes enfants jusqu'à mon dernier souffle.

— Vous avez raison de parler ainsi, répondit Jacques, car le courage impose Hélas! il n'est pas donné à tout le monde d'être brave. Les gredins le savent bien, et eux, qui sont des lâches, ils prennent des airs de rodomont avec quoi, sous couleur d'opinions politiques, ils s'approprient le bien d'autrui. Si je ne me fusse point laissé effrayer, j'eusse sauvé mon aisance.

— L'on se console de tout, excepté des mauvaises actions, reprit la mère Pillot.

— Nous ferons maigre trois fois la semaine et nous jeûnerons les quatre-temps, dit Jacques.

— Savez-vous, voisin, fit en riant la mère Pillot, ce qui me cause le plus grand chagrin?

— Je m'en doute, répliqua celui-ci : c'est de voir que vos chemises aient servi à faire des serviettes, et votre bien à une honteuse industrie.

— Que de bizarreries dans les destinées! observa Jacques en essuyant une larme.

— Que voulez-vous, répliqua le voisin, il faut s'attendre à tout, avec la démagogie socialiste.

— Qui nous en délivrera? fit la mère Pillot.

— L'union des honnêtes gens, répliqua le voisin.

— Un gouvernement fort, ajouta Jacques, qui impose le respect des choses divines et humaines.

— Quand aurons-nous cela? demanda la mère Pillot.

— Quand nous saurons le vouloir, répondit le voisin, qui se leva pour se retirer.

Le Directeur : ARMAND POMMIER.

50 — Paris, imp. Jouaust, rue S.-Honoré, 338.

www.ingramcontent.com/pod-product-compliance
Lightning Source LLC
Chambersburg PA
CBHW061447170626
46811CB00005B/2396

* 9 7 8 2 0 1 3 5 2 3 4 3 1 *